DU RADICALISME

(UN CREDO RÉPUBLICAIN)

LETTRE A UN AMI

PAR

UN OPPORTUNISTE

DES

DEUX-SÈVRES

NIORT

L. CLOUZOT, LIBRAIRE-ÉDITEUR

22, RUE DES HALLES, 22

—

1885

DU RADICALISME

(UN CREDO RÉPUBLICAIN)

LETTRE A UN AMI

PAR

UN OPPORTUNISTE

DES

DEUX-SÈVRES

NIORT

L. CLOUZOT, LIBRAIRE-ÉDITEUR

22, RUE DES HALLES, 22

1885

IMPRIMERIE DE NOEL TEXIER, A PONS.

DU RADICALISME

(UN CREDO RÉPUBLICAIN)

—

LETTRE A UN AMI

—

MON CHER AMI,

COMME tu le sais, j'ai une foi profonde en nos Institutions, je n'ai jamais eu, je n'aurai jamais d'autre opinion que l'opinion Républicaine, et aujourd'hui, plus que jamais, je crois qu'il faut avoir perdu la raison pour chercher ailleurs que dans la consolidation de la République, le salut, la sécurité et la prospérité de notre chère France.

Mais... ne t'en déplaise, mon cher ami, et permets-moi de te le dire, voici de quelle façon je crois devoir l'entendre.

La République, pour moi, est un gouvernement fondé sur un principe immuable, et à tout jamais invincible : *La souveraineté du peuple.*

Sous ce rapport, je professe, je te l'affirme, le *Radicalisme* le plus absolu.

Mais à tous les autres points de vue, le *Radicalisme* est, pour moi, le fléau le plus détestable et le plus dangereux que nous puissions avoir à combattre.

Et je ne crois pas que l'on puisse donner, du *Radicalisme*, une définition plus juste que celle-ci :

Radical... radix... racine... c'est-à-dire que le *Radical* est, aussi lui, un parasite qui voudrait vivre des *racines* de la sagesse universelle, de même que le *phylloxera vastatrix* se nourrit, lui, de la racine de nos vignes.

Le *phylloxera vastatrix* tarit la source du bon vin.

Tandis que le *radical*, si nous le laissions faire, tarirait bien vite celle d'une certaine essence que nous devons considérer comme étant plus nécessaire, mille fois, à notre vie sociale, que le bon vin n'est nécessaire à celle de nos corps.

Chaque jour, en effet, nous pouvons voir, à côté de nous, des gens qui se portent bien, en buvant de l'eau. Alors que notre vie sociale serait condamnée à une fin très prochaine, si nous lui donnions, pour pâture, ces fruits mortels du *radicalisme*, que nous désignons sous des noms si hideux : *L'anarchisme et le nihilisme.*

Une preuve bien saisissante, mon cher ami, du mal que peut nous faire le *Radicalisme*, alors qu'il fait perdre la tête à nos législateurs, c'est celle qui nous est donnée par la loi malheureuse qui vient de subir la première phase de son douloureux enfantement, et qui je l'espère bien, sera une mort-née.

Je veux parler de *la loi militaire*, et je te demande s'il serait possible d'imaginer une contradiction plus incompréhensible que celle qui se trouverait au fond de cette conception insensée, si jamais elle venait à être promulguée ?

A quoi servirait-il, en effet, d'allumer avec une si vive et si juste sollicitude, le flambeau de l'instruction primaire pour éclairer nos premiers pas sur le chemin de la vie, si l'on avait l'intention de mettre un éteignoir sur celui de l'enseignement supérieur, à l'heure juste où il pourrait éclairer, devant nous, les plus beaux horizons ?

Eh bien ! mon cher ami, n'est-ce pas là le malheur auquel nous serions condamnés de la façon la plus certaine, si l'on mettait pour trois ans, et même pour un

6

temps beaucoup moins long, les diplômes de nos chers bacheliers, dans une giberne de soldat ?

Dans les régions bienheureuses de l'*Art* et de la *Poésie*, là où les génies se forment en rêvant et en regardant les étoiles, soit... Nous aurions peut-être encore quelques gloires nouvelles, qui feraient des jaloux.

Mais ceux qui pour cultiver le champ de la science, sont condamnés à se servir sans fin, sans cesse et sans perdre une minute, de la pioche et de la charrue, que deviendraient-ils ?

Ce qu'ils deviendraient ?... c'est le plus grand de nos poètes qui va nous le dire:

A quoi bon, jeunes gens, qu'au travail on condamne,
Se faire *Bachelier*, quand on peut rester *Ane* ?

Un autre exemple bien frappant, aussi lui, du degré que peut atteindre l'aveuglement de nos radicaux, c'est celui qui nous

7

sera donné bientôt par certains groupes d'Electeurs, aujourd'hui plus nombreux que jamais, et qui croiraient manquer à leur devoir le plus sacré, s'ils confiaient leurs bulletins de vote à nos urnes électorales, avant de l'avoir marqué aux quatre coins, de la sotte estampille de leurs *mandats impératifs*.

Où diable l'*impérativisme* va-t-il se fourrer ?...

Que pourrait-on trouver, en effet, de plus étrange, et de plus contraire à la raison que de vouloir montrer le chemin à celui que nous avons choisi pour être notre *guide* et que nous considérons, par conséquent, comme sachant, mieux que nous, par où il faut passer pour atteindre notre but.

Que penserais-tu, mon cher ami, de l'équipage d'un navire, qui, en abordant un port dont il ne connaîtrait ni les passes, ni les écueils, voudrait faire la leçon au brave

8

pilote-côtier qui, pour le tirer d'embarras, se serait empressé de prendre en main le gouvernail.

Nous n'en finirions pas, mon cher ami, s'il fallait signaler tous les attentats contre le sens commun, que commettent chaque jour nos radicaux. On pourrait les compter par milliers ; je viens de mettre sous tes yeux les moins graves.

Et pourtant qui le croirait ?

Les auteurs de ces fautes si regrettables, n'en sont pas moins placés, et quelquefois au premier rang, parmi ceux qui ont été comblés des dons les plus heureux de l'intelligence, de l'esprit, du cœur et souvent aussi de l'amour le plus ardent et le plus sincère du bien public.

Comment cela peut-il donc se faire ?

Rien de plus facile, mon cher ami, que de te donner, si tu le désires, le mot de l'énigme. Ecoute-moi bien :

Un philosophe de notre temps, qui est un peu de mes amis, et que je considère comme l'observateur le plus judicieux que l'on puisse consulter, te le dira.

Ce philosophe est l'auteur d'un livre très précieux, mais auquel il a donné un titre bien étrange, tu vas en juger :

Ce titre, le voici : *De la Folie-Lucide*.

Lis ce livre, mon cher ami, et je t'affirme qu'il te fournira le moyen de comprendre bien vite, et de juger à leur juste valeur bien des choses et bien des gens.

Folie-Lucide ! Voilà des expressions qui sont séparées entre elles, ainsi que deux antipodes, par une antithèse aussi grosse, pour le moins, que le globe terrestre... et qui pourtant, n'en ont pas moins été associées par le docteur Trélat, de la plus juste façon.

Le monde est plein, en effet, je te l'ai dit bien souvent, de pauvres êtres qui, pour juger certaines choses, sont doués de la lucidité la plus parfaite, tandis que, sur d'autres points, leurs idées sont tout aussi fausses que celles des habitants de Charenton.

Je ne puis résister, mon cher ami, au désir de te soumettre, à ce sujet, l'échantillon que voici :

Pendant que, sur le terrain gouvernemental, nous suons sang et eau, et faisons appel à toutes les forces de notre *raison*, pour venir à bout de nous entendre, avec deux puissances, qui, depuis le commencement du monde, se font une guerre qui ne finira peut-être jamais : la *Pratique* et la *Théorie*.

Pendant ce temps-là, dis-je, nos *radicaux* — eux — se tirent d'embarras ainsi qu'il suit :

Après avoir mis en cage et sous les verrous, la *Pratique* qui les gêne, ils nous déclarent sans sourciller, qu'il n'y a pas, pour eux, d'autre divinité que la Théorie, et après s'être prosternés devant elle, comme des bedeaux devant saint Paul, ils s'imaginent qu'il ne leur reste plus qu'à aller tout droit en paradis.

L'examen du *Pour* et du *Contre*, cette préoccupation suprême des gens sensés, ne les regarde pas, et lorsqu'ils sont parvenus à entasser leurs bonnes intentions, leurs espérances... leurs rêves... dans un des plateaux de la balance, on ne les décide jamais à regarder un peu ce qu'il y a dans l'autre.

Oui, mon cher ami, nos radicaux sont atteints de cette maladie de l'esprit qui se nomme : la Folie-Lucide, et la cause de ce malheur, c'est que dans l'écrin si bien orné, du reste, de leurs facultés, nous trouvons le vide le plus absolu dans une case dont tu n'auras pas de peine à deviner l'étiquette.

12

Heureusement, toutefois, que le mal dont ils sont atteints, n'est pas de ceux que nous devons considérer comme étant à tout jamais inguérissables.

Non, Dieu merci ! Nous avons, au contraire, pour le combattre, un remède bien connu, et facile à trouver.

Ce remède, en effet, c'est celui que nos bons aïeux désignaient, autrefois, sous un nom si vulgaire : le *bon sens*.

Et pour lequel le défenseur le plus courageux, et l'interprète le plus clairvoyant de nos institutions, notre bien aimé et à tout jamais regretté Gambetta a su trouver un néologisme si heureux : l'*Opportunisme*.

Voilà, mon cher ami, le moyen à l'aide duquel nous obtiendrons pour nos chers malades, avec de la patience et du temps, une complète guérison.

Telle est ma conviction, beaucoup mieux fondée, n'est-il pas vrai ? que celle des *fous*

13

véritables, qui, avec l'étrange amalgame de leur quadruple monarchie, nous montrent si bien que, pour adoucir nos maux, ils n'ont pas d'autre remède — eux — que celui qui se nomme : *La Guerre civile.*

Crois-moi bien toujours ton tout dévoué.

Un Opportuniste.

14

60

www.ingramcontent.com/pod-product-compliance
Lightning Source LLC
Chambersburg PA
CBHW061524170626
46811CB00004B/1838